D0541371

Madame CHIPIE

Collection MADAME

1 MADAME AUTORITAIRE
2 MADAME TÊTE-EN-L'AIR
3 MADAME RANGE-TOUT
4 MADAME CATASTROPHE
5 MADAME ACROBATE
6 MADAME MAGIE
7 MADAME PROPRETTE
8 MADAME INDÉCISE
9 MADAME PETITE
10 MADAME TOUT-VA-BIEN
11 MADAME TINTAMARRE
12 MADAME TIMIDE
13 MADAME BOUTE-EN-TRAIN
14 MADAME CANAILLE
15 MADAME BEAUTÉ
16 MADAME SAGE
17 MADAME DOUBLE
18 MADAME JE-SAIS-TOUT
19 MADAME CHANCE
20 MADAME PRUDENTE
21 MADAME BOULOT
22 MADAME GÉNIALE
23 MADAME OUI
24 MADAME POURQUOI
25 MADAME COQUETTE
26 MADAME CONTRAIRE
27 MADAME TÊTUE
28 MADAME EN RETARD
29 MADAME BAVARDE
30 MADAME FOLLETTE
31 MADAME BONHEUR
32 MADAME VEDETTE
33 MADAME VITE-FAIT
34 MADAME CASSE-PIEDS
35 MADAME DODUE
36 MADAME RISETTE
37 MADAME CHIPIE
38 MADAME FARCEUSE
39 MADAME MALCHANCE
40 MADAME TERREUR
41 MADAME PRINCESSE

Madame
CHIPIE

Roger Hargreaves

hachette
JEUNESSE

Partout où elle passait, les gens disaient :

– C'est madame Chipie qui sème la zizanie.

Madame Chipie avait un petit air innocent.
Et un sourire charmant.

Pourtant, c'était bien vrai,
madame Chipie semait la zizanie.

Un matin, madame Chipie alla voir monsieur Malpoli
et lui demanda :

– Vous savez ce que monsieur Petit raconte
quand vous n'êtes pas là ?

– Non, répondit monsieur Malpoli.
Je voudrais bien le savoir.

– Il dit que vous êtes un gros plein de soupe.

Cela ne fit pas du tout plaisir à monsieur Malpoli.
Mais alors là, pas du tout.

Il alla donc trouver monsieur Petit et,
sans même lui dire bonjour, il grogna :

– Comment osez-vous me traiter de gros plein de soupe ?

– Mais... mais... bégaya monsieur Petit,
qui ne comprenait pas ce qui lui arrivait.

– Il n'y a pas de mais ! hurla monsieur Malpoli.

Et il gifla monsieur Petit.

Vlan !

Pauvre monsieur Petit !

Il avait un œil au beurre noir.

Madame Chipie avait tout vu, tout entendu.

Et elle s'amusait beaucoup.

« J'ai encore réussi à semer la zizanie », se dit-elle fièrement.

Oh, la chipie !

Un peu plus tard,
madame Chipie alla voir monsieur Malin
et lui demanda :

– Vous savez ce que monsieur Petit raconte
quand vous n'êtes pas là ?

– Non, répondit monsieur Malin. Je voudrais bien le savoir.

– Il dit que vous êtes un singe à binocles.

Monsieur Malin se fâcha tout rouge.

Il partit en courant
et dès qu'il rencontra monsieur Petit sur son chemin,
Bing ! il lui donna un coup de poing.

Pauvre monsieur Petit !

Il avait les deux yeux au beurre noir.

Deux yeux au beurre noir alors qu'il n'avait rien fait !

Bien entendu, madame Chipie arriva aussitôt.
En voyant monsieur Petit, elle éclata de rire.

– Vous en faites une drôle de tête !

– C'est votre faute, marmonna monsieur Petit.

– Hé oui ! répliqua joyeusement madame Chipie.

A présent, monsieur Petit devait faire soigner ses blessures.

Il alla donc consulter le docteur Pilule.

– Doux Jésus ! s'écria le docteur. Que vous est-il arrivé ?

Monsieur Petit lui raconta sa double mésaventure.

– Aux grands maux les grands remèdes,
déclara le docteur Pilule.
Il faut d'abord donner une bonne leçon
à cette petite madame...

Le docteur réfléchit un moment,
puis il se mit à rire.

– Je crois que j'ai une idée, dit-il.

Le docteur Pilule se pencha vers monsieur Petit
et lui chuchota quelque chose.

Tu voudrais bien savoir quoi ?
Impossible, c'est un secret !

Cet après-midi-là,
monsieur Petit se rendit chez monsieur Chatouille
et lui demanda :

– Vous savez ce que madame Chipie raconte
quand vous n'êtes pas là ?

– Non, répondit monsieur Chatouille.
Je voudrais bien le savoir.

– Elle dit que vous êtes une grosse nouille.

Après quoi, monsieur Petit se rendit chez
monsieur Malchance et lui demanda :

– Vous savez ce que madame Chipie raconte
quand vous n'êtes pas là ?

– Non, répondit monsieur Malchance.
Je voudrais bien le savoir.

– Elle dit que vous êtes un manche à balai !

Madame Chipie fut bien étonnée de voir arriver monsieur Chatouille et monsieur Malchance.

– Comment osez-vous me traiter de grosse nouille ? s'écria monsieur Chatouille.

Et il la chatouilla. Guili-guili, guili-guili.

– Comment osez-vous me traiter de manche à balai ? s'écria monsieur Malchance.

Et il la bouscula. Boum, boum.
T'est-il déjà arrivé d'être chatouillé
et bousculé en même temps ?
Eh bien, ce n'est pas drôle. Pas drôle du tout.

Or, madame Chipie eut droit à dix minutes de guili-guili-boum-boum.

Et dix minutes, c'est long.

Tu peux le croire.

Ce soir-là,
le docteur Pilule rendit une petite visite à monsieur Petit.

– Comment vont vos blessures ?

– Beaucoup mieux, docteur, je vous remercie.

– Et notre petit stratagème a bien marché ?

– Comme sur des roulettes.

– Vous m'en voyez ravi, déclara le docteur.

Et ils se serrèrent la main.
Ou plutôt, monsieur Petit serra un doigt du docteur Pilule.

Ensuite, le docteur Pilule alla rendre visite
à madame Chipie.

Elle faisait triste mine.

– Vous ne vous sentez pas bien ? demanda le docteur Pilule.

Alors madame Chipie lui raconta tout.
Absolument tout.
Le bon docteur la regarda en souriant.

– Vous savez, dit-il, quand on sème la zizanie...
on récolte toujours des ennuis !

Et le docteur Pilule rentra chez lui
en hochant la tête d'un air satisfait.

RÉUNIS VITE LA COLLECTION ENTIÈRE

DES **MONSIEUR MADAME**

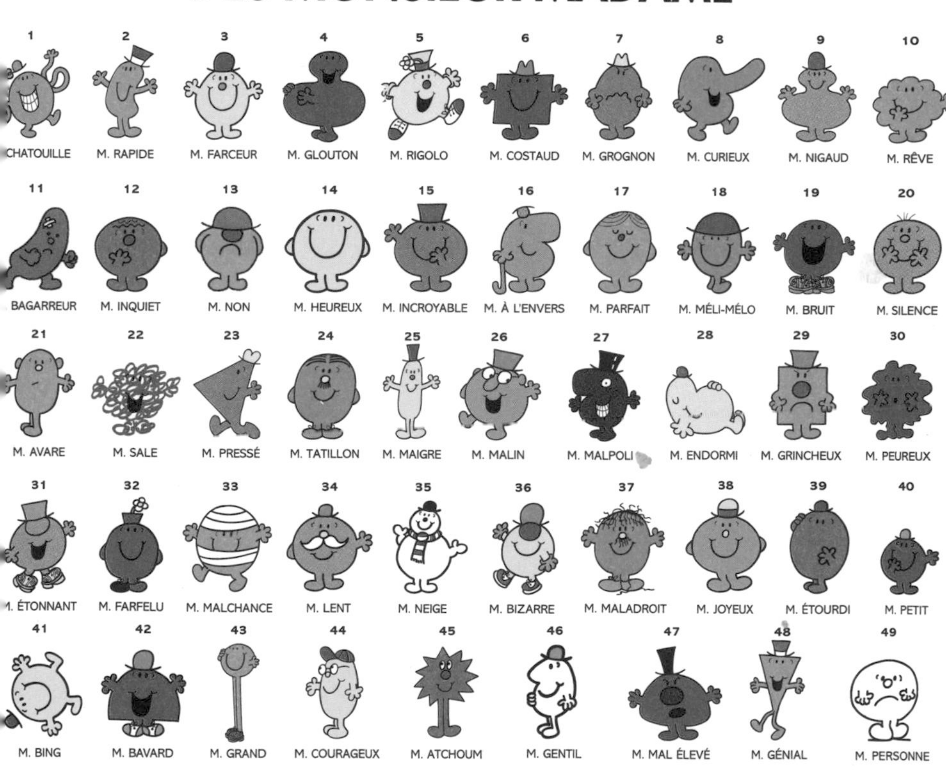

Édité par Hachette Livre - 43, quai de Grenelle, 75905 Paris Cedex 15
ISBN :978-2-01-224863-2
Dépôt légal : janvier 1985
Loi n° 49- 956 du 16 juillet 1949, sur les publications destinées à la jeunesse.
Imprimé par IME (Baume-les-Dames), en France